EL LIBRO DORADO DE LA MUERTE

DE MICHAEL DAHL
ILUSTRADO POR SERG SOULEIMAN

STONE ARCH BOOKS
a capstone imprint

Publica la serie Zone Books, Stone Arch Books,
una imprenta de Capstone
1710 Roe Crest Drive
North Mankato, Minnesota 56003
www.mycapstone.com

*Los datos de CIP (Catalogación previa a la publicación, CIP)
de la Biblioteca del Congreso se encuentran disponibles en el sitio
web de la Biblioteca.*
    ISBN 978-1-4965-9169-2 (library binding)
    ISBN 978-1-4965-9308-5 (paperback)
    ISBN 978-1-4965-9173-9 (ebook)

Resumen: ¡Alguien ha entrado en la Biblioteca Maldita! Cuando
buscaba al intruso, el Bibliotecario es capturado por una figura
sombría: el Borrador, que lo ha encadenado a un enorme libro
dorado. Si el Bibliotecario no consigue escapar, todos los libros
del mundo podrían ser destruidos.

Directora creativa: Heather Kindseth
Diseñadora de la cubierta y los interiores: Kay Fraser
Diseñador gráfico: Brann Garvey
Translated into the Spanish language by Aparicio Publishing

Printed and bound in China.
2489

CONTENIDO

La Biblioteca Maldita es la colección de libros extraños y peligrosos más grande del mundo. El deber del Bibliotecario es evitar que los libros caigan en manos de aquellos que los usan para fines malvados.

(CAPÍTULO 1)

¡**A**LLANAMIENTO
DE MORADA!

La campana de alarma está
<u>**sonando**</u> en la Biblioteca Maldita.

¡Alguien **ha entrado!**

El Bibliotecario está parado frente
a la ventana de su habitación.

Escucha la **campana.**

Sabe de dónde viene el **sonido.**

La alarma suena desde uno de los **rincones más escondidos** de la Biblioteca.

El Bibliotecario abre la ventana

y **sale afuera.**

Se precipita hacia la campana.

Debe encontrar al **intruso** y detenerlo.

CAPÍTULO 2

LA CELDA

El Bibliotecario es el guardián de la Biblioteca Maldita.

Su deber es mantener los libros de la Biblioteca alejados de las 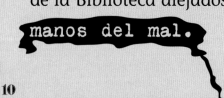 manos del mal.

Sigue el **sonido** de la campana hacia una habitación en las profundidades de la Biblioteca.

La habitación es una **antigua** celda para prisioneros.

Hace mucho tiempo,
la habitación se usaba para
encarcelar a los ladrones de libros.

Tan pronto como el Bibliotecario
entra en la celda, la campana deja
de sonar.

Escucha otro sonido.

Un libro metálico **sale volando**
desde un rincón oscuro.

El libro **golpea** al Bibliotecario.

Lo hace caer.

CAPÍTULO 3

EL LIBRO DORADO

Cuando el **Bibliotecario** **despierta,** está mirando al techo.

El Bibliotecario está **encadenado**
a un **enorme** libro de oro.

Sus muñecas y sus tobillos están
atrapados por **letras doradas.**

Una **figura sombría** aparece
de la esquina. Es el **enemigo**
del Bibliotecario: el Borrador.

—Esta celda será tu prisión
—le dice el Borrador.

—Nunca más podrás **evitar** que destruya y borre los libros.

—No te saldrás con la tuya —le contesta el Bibliotecario al Borrador.

—Alguien me encontrará.

—Será **demasiado tarde**
—dice el Borrador.

—¿Demasiado tarde? —pregunta
el Bibliotecario—. ¿Demasiado
tarde para qué?

(CAPÍTULO 4)

Sobre EL FUEGO

El libro dorado **cuelga** del techo.

Debajo del libro hay
una **hoguera.**

El Borrador había llenado
la hoguera con **libros viejos.**

—Los libros viejos son buenos
para prender un **fuego** —dice
el Borrador.

Luego se ríe y enciende
la hoguera.

El Bibliotecario puede oler el
papel en llamas.

—**Nada** puede ayudarte a escapar esta vez —dice el Borrador.

ja ja ja ja ja ja ja

Luego se **ríe** y sale de la habitación.

CAPÍTULO 5

LA PÁGINA EN BLANCO

El Bibliotecario no puede alcanzar sus bolsillos.

Lleva **libros especiales** y herramientas que podrían ayudarlo a escapar.

El Bibliotecario **lucha** contra las letras de oro.

Es inútil. Son demasiado sólidas.

El libro dorado comienza a
calentarse.

El Bibliotecario puede sentir
el **calor** en su espalda
y en sus piernas.

De pronto, comienza
a *temblar.*

Un pequeño trozo de papel cae
de su manga.

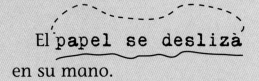

El papel se desliza
en su mano.

Rápidamente, abre el papel
con los dedos.

No hay nada escrito. El papel está
en blanco.

El Borrador tiene razón —se dice
a sí mismo el Bibliotecario.
"Nada puede ayudarme ahora".

La página en blanco comienza a
brillar con suavidad.

Jala las letras doradas que
forman las cadenas hasta
la superficie en blanco.

Las letras forman una palabra:
LIBRE

Los pies y las manos
del Bibliotecario se liberan.

Salta del libro dorado y
apaga el fuego.

—Todas las páginas en blanco
desean ser llenadas con
letras —dice el Bibliotecario.

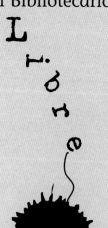

Luego sale corriendo de la habitación en busca del <u>Borrador.</u>

FIN

UNA PÁGINA
DE LA BIBLIOTECA MALDITA

EL ORO

El oro ha sido admirado por su color
y belleza desde que los humanos iniciaron
la búsqueda de metales en la tierra.
El oro era muy apreciado también por ser
duradero. A este brillante metal no le afecta
la lluvia, el calor ni el frío. El oro tampoco
se oxida ni se mancha.

El oro es uno de los metales más blandos
de la tierra. Puede ser fácilmente moldeado
en diferentes tamaños y formas. Una onza
de oro puede estirarse y extenderse ¡hasta
50 millas (80 kilómetros)!

Una onza de oro también puede ser
aplastada en una lámina tan delgada como
para cubrir el piso de un salón de clases
promedio en una escuela.

La mina de oro más profunda del mundo es la mina Savuka, en Sudáfrica. ¡Los mineros pueden recorrer más de 2 millas (2 kilómetros) bajo tierra!

Se han encontrado obras de arte de oro en tumbas egipcias de más de 5,000 años de antigüedad.

Unas delgadas piezas de oro, llamadas pan de oro, se usan para decorar pinturas religiosas únicas conocidas como íconos. Los íconos se encuentran en las iglesias ortodoxas rusas y griegas.

Algunas personas creen que el oro tiene poderes curativos mágicos. Hay personas que beben una mezcla de agua y polvo de oro como remedio para enfermedades y dolencias. Afortunadamente, el oro no tiene sabor, ¡y pasa por todo el cuerpo sin dañarlo!

ACERCA DEL AUTOR

Michael Dahl es autor de más de 100 libros para niños y jóvenes. Ha ganado dos veces el premio AEP AEP Distinguished Achievement Award por sus libros de no ficción. Su serie de misterio Finnegan Zwake fue elegida por los premios Agatha Awards como los cinco mejores libros de misterio para niños en 2002 y 2003. Colecciona libros sobre venenos y cementerios y vive en una casa embrujada en Minneapolis, Minnesota.

ACERCA DEL ILUSTRADOR

Serg Souleiman vive y trabaja como diseñador e ilustrador en Carlsbad, California.

GLOSARIO

antiguo — muy viejo, del pasado

celda — cuarto pequeño, a menudo usado para retener criminales

guardián — persona que está a cargo de proteger algo

intruso — alguien que entra en un lugar sin permiso

ladrones — gente que roba cosas

sombrío — oscuro y a menudo misterioso

PREGUNTAS PARA COMENTAR

1. El Bibliotecario es el responsable de
   mantener los libros de la Biblioteca
   alejados de las manos del mal. ¿De qué
   cosas eres tú responsable? ¿Cómo
   te aseguras de hacer un buen trabajo?

2. El Bibliotecario arriesga su vida para
   proteger los libros de la Biblioteca
   Maldita. ¿Posees algo que tratarías
   de salvar a toda costa, aunque fuera
   arriesgado? ¿Qué salvarías y por qué?

3. Esta historia te deja con la intriga sobre
   lo que pasará después. ¿Te gustan
   las historias que tienen este tipo de final
   abierto, o prefieres que el autor revele
   toda la historia? Explica tu respuesta.

IDEAS PARA ESCRIBIR

1. Al final de la historia, el Bibliotecario va en busca del Borrador. Haz como si fueras el escritor y redacta un capítulo más sobre lo que pasa después.

2. Los libros de la Biblioteca Maldita significan mucho para el Bibliotecario. ¿Cuál es el libro más importante para ti? Describe por qué te gusta ese libro y por qué es tu favorito.

3. El Bibliotecario dice: "Todas las páginas en blanco desean ser llenadas con letras". Toma una hoja de papel en blanco y escribe una historia de terror que llene toda la página de palabras.